Pode acreditar, A CACHINHOS DOURADOS É DEMAIS!

A história de TRÊS URSOS narrada pelo PEQUENO URSO

Nancy Loewen • Tatevik Avakyan

Agradecimentos especiais ao nosso consultor,
Terry Flaherty, PhD e Professor de Inglês da Universidade Estadual
de Minnesota (EUA) por seus conhecimentos avançados.

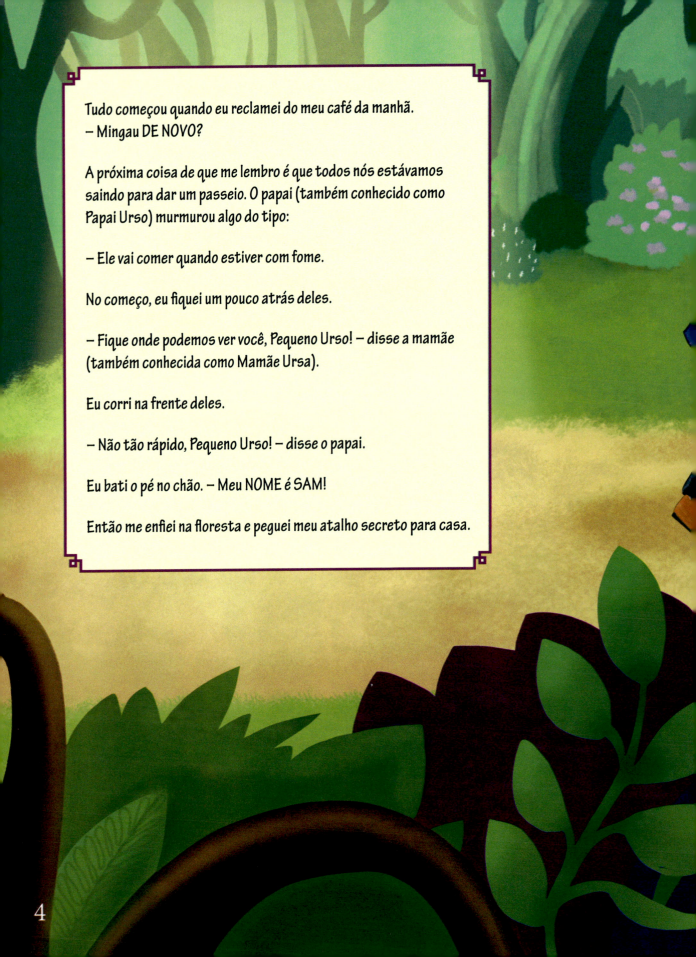

Tudo começou quando eu reclamei do meu café da manhã.
– Mingau DE NOVO?

A próxima coisa de que me lembro é que todos nós estávamos saindo para dar um passeio. O papai (também conhecido como Papai Urso) murmurou algo do tipo:

– Ele vai comer quando estiver com fome.

No começo, eu fiquei um pouco atrás deles.

– Fique onde podemos ver você, Pequeno Urso! – disse a mamãe (também conhecida como Mamãe Ursa).

Eu corri na frente deles.

– Não tão rápido, Pequeno Urso! – disse o papai.

Eu bati o pé no chão. – Meu NOME é SAM!

Então me enfiei na floresta e peguei meu atalho secreto para casa.

Quando cheguei em casa, ouvi uma voz. Tinha alguém lá dentro!

Eu não sabia o que fazer. Será que deveria ir correndo até meus pais para pedir ajuda? Ou deveria enfrentar o intruso por conta própria?

O PEQUENO URSO teria ido pedir ajuda. Mas não o Sam.

Eu dei uma espiada pela janela da cozinha. Uma menina estava tirando fotos com o celular!

— Ah! Isso vai dar uma lição na Chapeuzinho Vermelho, ela nunca mais vai duvidar de mim. Cachinhos Dourados não perde no jogo de verdade ou desafio!

Ela parou na frente de uma tigela de mingau.

— Ecaaaa — disse ela.

Gostei dela naquele instante.

Cachinhos Dourados tirou uma foto de si mesma na poltrona do papai...

... depois na da mamãe.

— Você quer provas, senhorita Chapeuzinho Vermelho? Aqui estão!

Em seguida, ela tirou uma foto na minha cadeira. Quando se levantou, a cadeira ficou presa em seu bumbum. Ela então começou a rebolar. Pulou para cima e para baixo. Por fim, deu um baita empurrão e a cadeira saiu... em pedacinhos.

– Ops – disse ela. – Lá se vai toda a minha mesada.

Viu? Ela iria nos pagar. Não que eu fizesse questão, afinal, aquela cadeira já estava pequena demais para mim.

No andar de cima, Cachinhos Dourados tirou os sapatos (o que foi muito gentil de sua parte) e gravou um vídeo de si mesma pulando na cama do papai. E na cama da mamãe.

— Não acredito que estou fazendo isso! — ela disse, dando risada.

Só que pular na cama É PROIBIDO em minha casa. Aquela foi a minha única chance de me livrar daquilo. Eu bati na janela.

– AHHH!
– Cachinhos Dourados gritou.

– Deixe-me entrar! Não vou contar para ninguém! – implorei.

Cachinhos Dourados abriu a janela, e nós nos apresentamos. Ela se desculpou pela invasão. Até que fomos bem civilizados.

... até que ouvimos a minha mãe chamando da floresta.
– Pequeno Uuurso, onde você estááá?

Cachinhos Dourados levantou uma sobrancelha.
– Pequeno Urso? – ela perguntou. – É mesmo?

– Não importa! Ouça o meu plano... – respondi.

Desci as escadas correndo assim que meus pais estavam entrando.

— Pequeno Urso! Que bom que você está bem — exclamou a mamãe.

— Há uma intrusa lá em cima! — eu disse.

— Você já está bem grandinho para ficar inventando histórias — falou o papai.

Eles se sentaram para comer o mingau, que já estava frio e ressecado.

Levei para eles a minha cadeira quebrada.
– Viram? A intrusa fez isso!

– Que atrevimento! – disse o papai. – Quebrar uma cadeira boa e perfeita só para chamar a nossa atenção.

– Mas eu a VI! Venham! – chamei os dois.

Eu os levei ao andar de cima e lhes mostrei as camas bagunçadas.

– Pequeno Urso, você sabe que eu não admito que você pule na cama! – mamãe disse, brava.

– Mas a intrusa... – eu falei, levando-os em direção ao meu quarto.

E assim que chegamos à minha cama...

– BUUU!

— Cachinhos Dourados gritou.

O que aconteceu em seguida foi indescritível.

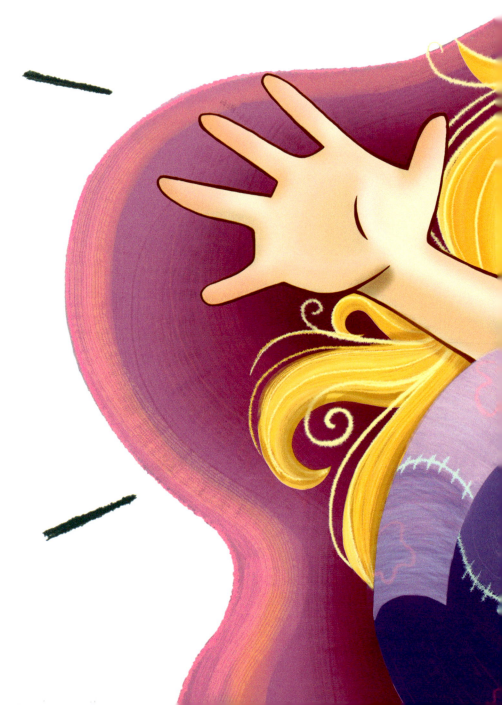

— **Corram!** – exclamou o papai.

— **Para o nosso esconderijo!** – gritou a mamãe.
— E se acontecer alguma coisa comigo, eu amo vocês dois do fundo do meu coração!

Eu quis ter certeza de que eles me viram sair correndo atrás de Cachinhos Dourados pela floresta. Entre seus gritos falsos e meus rugidos de mentira, nós trocamos telefone.

A mamãe e o papai ficaram tão impressionados com a minha coragem que me deram tudo o que eu pedi: uma cadeira maior, comida mexicana no café da manhã em vez de mingau e a promessa de não me chamar mais de Pequeno Urso.

Bem, houve uma coisa que eu não consegui.

– Não posso pular na cama também? Só de vez em quando? – perguntei.

– NÃO – responderam meus pais. – DE JEITO NENHUM.

Mas valeu a tentativa.

Para Pensar

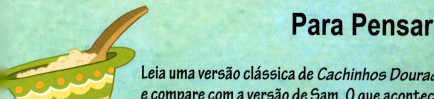

Leia uma versão clássica de *Cachinhos Dourados e os Três Ursos* e compare com a versão de Sam. O que acontece nesta história e não ocorre na versão clássica? O que acontece na versão clássica e não nesta?

A maioria das versões de *Cachinhos Dourados e os Três Ursos* é contada a partir do ponto de vista de um narrador onisciente, que conhece até os pensamentos dos personagens. Mas esta versão é contada do ponto de vista do Pequeno Urso. Qual dos dois pontos de vista você acha mais confiável? Por quê?

Como seria esta história se fosse contada a partir do ponto de vista de outro personagem? E se a Mamãe Ursa contasse a história? O Papai Urso? Cachinhos Dourados?

Sam não acha que Cachinhos Dourados era uma garota má, mesmo tendo invadido sua casa. Você concorda com ele? Por quê?

O que poderia ter acontecido se Sam tivesse corrido de volta para seus pais em vez de ver o que Cachinhos Dourados fazia em sua casa?

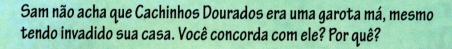

Glossário

narrador – entidade que conta uma história sobre ela ou outras pessoas

personagem – pessoa, animal ou criatura que participa de uma história

ponto de vista – relato de algo a partir da observação de um assunto; como o narrador se situa no contexto da história que conta

versão – relato de algo a partir do ponto de vista de quem narra a história

Dados Internacionais de Catalogação na Publicação (CIP) de acordo com ISBD

L827p   Loewen, Nancy

         Pode acreditar, a Cachinhos Dourados é demais! - A história dos três ursos narrada pelo pequeno urso / Nancy Loewen; traduzipo por Fabio Teixeira; ilustrado por Tatevik Avakyan. - Jandira, SP : Ciranda Cultural, 2021.

         24 p. : il.; 19,80cm x 25,40cm. (Clássicos recontados).

         ISBN: 978-85-380-4613-4

         1. Literatura infantojuvenil. 2. Diversão. 3. Contos clássicos. 4. Leitura. 5. Aventura. I. Teixeira, Fabio. II. Avakyan, Tatevik. III. Título. IV. Série.

2021-0384   CDD 028.5
                                                         CDU 82-93

Elaborado por Lucio Feitosa - CRB-8/8803

Índice para catálogo sistemático:
1.   Literatura infantil 028.5
2.   Literatura infantil 82-93

© 2012 Picture Window Books, uma marca Capstone
Editor: Jill Kalz
Designer: Lori Bye
Diretor de Arte: Nathan Gassman
Especialista de Produção: Sarah Bennett
As ilustrações deste livro foram criadas em formato digital.

© 2014 desta edição:
Ciranda Cultural Editora e Distribuidora Ltda.
Tradução: Fabio Teixeira

1ª Edição em 2014
4ª Impressão em 2021
www.cirandacultural.com.br
Todos os direitos reservados. Nenhuma parte desta publicação pode ser reproduzida, arquivada em sistema de busca ou transmitida por qualquer meio, seja ele eletrônico, fotocópia, gravação ou outros, sem prévia autorização do detentor dos direitos, e não pode circular encadernada ou encapada de maneira distinta daquela em que foi publicada, ou sem que as mesmas condições sejam impostas aos compradores subsequentes.